孙子兵法

—— 第五册

上海人民美术出版社

浙江人民美术出版社

目 录

战 例 # 曹操间亲破马超

编文：佚 佚

绘画：杨志刚 志 研

原　文　亲而离之。

译　文　敌人内部和睦，就离间它。

1. 汉献帝建安十六年（公元211年）三月，丞相曹操派司隶校尉钟繇讨
伐据有汉中（今陕西汉中、南郑、城固等地）的张鲁，并派征西护军夏
侯渊等将率兵出河东，与钟繇会合。

2. 与汉中邻近的关中（西至陇关，东至函谷关）地区，是马超、韩遂统辖的势力范围。韩、马等人以为，曹操讨伐张鲁必经关中地区，实际是要攻打自己，就集合十万人马据守潼关（今陕西潼关），以拒曹兵。

3. 曹操闻报，派安西将军曹仁带兵前往潼关附近，牵制韩遂、马超的军队。由于韩、马的关西凉州兵骁勇善战，曹操下令暂时坚守，不用出战。

4. 同年八月，曹操亲临曹仁军营，暗中派大将徐晃、朱灵率步骑四千和一批牛马夜渡蒲阪津（今山西永济西蒲州），在黄河西岸安营扎寨。

5. 闰八月，曹操亲自率军渡河。船至中流，马超已经发现，带领万余将士前来阻击。

6. 河水湍急，渡河缓慢。马超命士兵向河中船只射箭，箭如飞蝗，曹军士兵和船工有不少中箭身亡。

7. 曹操本人乘坐的大船船工亦被敌箭射中，关内侯许褚急忙以左手持马鞍作盾牌，护着曹操；右手使篙撑船，才避开箭矢、追上大军。

8. 曹军校尉丁斐,此时已在马超军前放出了大批牛马。马超士卒为获取牛马,军列混乱。曹操大军乘机抢渡黄河登上对岸。

9. 接着，曹操率大军自蒲阪沿着黄河西岸南下，马超率兵退至渭口（潼关西渭水入黄河处）以拒曹军。曹操派出几支疑兵与马超军佯战。

10. 入夜，曹操命将士夺得马超军的战船，连结成浮桥强渡渭水，结营于渭水南岸。马超乘夜攻曹营，曹军伏兵四起，马超军大败。

11. 韩遂见曹军强盛，两次提出割地求和。曹操起初不答应，后来谋士贾诩献了一计，曹操决定与韩遂在阵前单骑会晤。

12. 第二天，曹操和韩遂单骑来到阵前，马头相交，按辔对话。

13. 曹操的父亲与韩遂的父亲曾同举孝廉，曹操和韩遂又同登仕途，所以曹操只顾叙旧，只字不提军事，两人谈到趣事时，甚至还拍手大笑。

14. 韩遂回到自己阵中，马超忙问："曹操说了些什么？"韩遂答："没谈什么，叙旧而已。"双方军前谈判竟然不谈军事？马超心中疑惑。

15. 曹操回到营中，又按贾诩的计谋，给韩遂送去一封信，信中故意涂涂抹抹。

16. 马超听说曹操有信给韩遂，就要来看。他见信中涂改多处，怀疑是韩遂所为，问韩遂是什么原因。

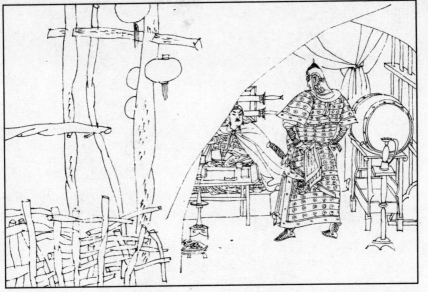

17. 韩遂说此信送来时就是如此，可能是曹操一时大意把草稿误封了来。马超说："曹操是个极精细的人，怎么可能出这种差错？"韩遂一时无言以对。马超自以为他的怀疑得到了证实。

18. 韩遂与马超父亲马腾同时起兵，一直亲同手足，与马超的关系也向来很好，敌人无隙可乘。不料到了这时，竟因为曹操的一封信而破坏了内部团结，再也无法同心协力。

19. 曹操见战机已经成熟，先以少数轻骑向马超挑战，打了一阵，突然两边精兵虎将一齐出击，战鼓雷鸣，杀向马超部队。

20. 马超手下的将领有的被杀，有的脱逃，一片混乱，马超眼看支持不住，带着一部分人马，退到凉州（今甘肃武威一带）去了。

21. 不可一世的关西军被打败了，曹操率军回到许都。将领们问他，马超军十万多人，而曹公军只有几万，这一仗为何打得这么妙？

22. 曹操笑着说道："韩遂与马超皆一时之雄，关西兵又骁勇善战，非用计不能破。孙子曰'亲而离之'，使其互相猜疑，一鼓而破，此贾诩之功也！"诸将都叹服。

郑成功奇袭鹿耳门

编文：老　耿

绘画：罗希贤

原　文　攻其无备，出其不意。

译　文　要在敌人没有防备处发动攻击，在敌人意料不到时采取行动。

1. 郑成功率军攻打南京失败之后，清廷放弃了在政治上招抚的政策，决心以军事进攻消灭郑军。顺治十七年（公元1660年）五月，安南将军达素率大军围攻郑成功抗清根据地——厦门。

2. 战斗进行得异常激烈。达素率领的主力部队一度登上厦门岛，但终因不擅海战遭到歼灭性打击，突入岛上的清军全部被歼，总计死伤万余人。达素败退泉州。

3. 厦门一仗虽然获胜，但郑成功意识到清军决不会就此罢休，因而必须早做准备。由于此时的厦门已经失去漳州、泉州外围，难再与清兵对抗；又闻得台湾百姓受异族统治，苦难深重，郑成功遂决心东进，收复被荷兰军占领的台湾。

4. 郑成功积极做好东进的准备：招募人员、修整船只、备造军器，并且招聘了三百名熟悉台湾海港、地形情况的领航员。

5. 恰好这时，曾任台湾荷军翻译、原郑成功父亲（郑芝龙）的旧部何廷斌由台湾来厦门，求见郑成功。

6. 何廷斌向郑成功献上了台湾地图，并转达了台湾人民要求摆脱荷兰殖民者的强烈愿望。他还详细地介绍了台湾历来的变迁、荷军统治和军事布防情况。这更坚定了郑成功收复台湾的信心。

7. 郑成功一面加紧做好东进准备，一面派人送信给在台湾的荷兰总督揆一，重申"对荷兰国之善意"，决无对台湾"采取敌对行动"的意图，故意麻痹敌人。

8. 先前由于郑成功在大陆战事的失利，已使荷军感到"台湾的末日和国姓爷（即郑成功）的到来已经迫在眉睫"，由巴达维亚（今印尼首都雅加达）派"樊特郎率领一支十二艘船的舰队，运载一千四百五十三人"增防台湾。

9. 揆一把郑成功的信给樊特郎看，两人发生了意见分歧。樊认为郑成功不可能进攻台湾，于是只留下三艘战舰、六百名士兵和一些军需物资，于1661年正月返航回巴达维亚去了。

10. 郑成功得到这一消息后，觉得时机已经成熟，毅然向部属宣布准备出敌不意收复台湾的意图和决心。

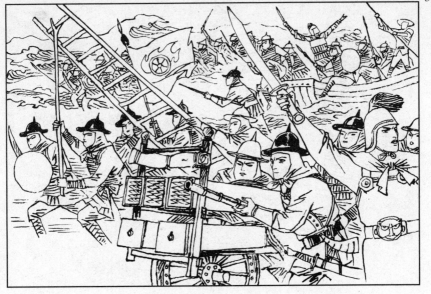

11. 是年二月，郑成功精选了三万余人集中金门岛，进行临战准备。

12. 三月二十二日，郑军舰队由料罗湾出发，开始向台湾进军。

13. 据悉，荷军在台兵力共约二千余人，主力防守在本岛西侧一鲲身岛上的热兰遮城，小部分兵力约二百余人防守在本岛上的普罗文查城，另有大战舰、快艇各两艘泊于两城之间的台江中。

14. 当时，由外海进入台江的水道，主要为一鲲身岛和它北面的北线尾岛之间的大港，大船可以通行无阻，但在荷军炮火控制之下。

15. 另外，在北线尾岛和它北面的鹿耳屿岛之间的鹿耳门港，过去也为出入的门户，后因沙石淤浅，平时只能通行小船。荷军在北线尾北端仅盖小屋一座，只派一名伍长、六名士兵驻守，监视鹿耳门港。

16. 根据情况分析，郑成功拟定了一个作战方案，即由敌人意料不到的鹿耳门港进入台江，以主力在敌人没有防备的禾寮港直接登上本岛，进围兵力薄弱的普罗文查城，然后再各个击破敌人。

17. 四月二日晨，郑军舰队抵达鹿耳门外，在何廷斌及向导引航下，全部舰只在午后涨潮时轻而易举地驶入台江，主力立即开始登陆。

18. 早已联络好的接应人员和台湾人民纷纷前来接应。他们用货车和其他工具帮助郑军登陆。不到两小时，郑军全部上岸。

19. 部队登陆之后，首先抢占了赤嵌街的粮食仓库，防止荷军破坏，同时包围了普罗文查城。

20. 荷军对郑军的突然出现束手无策。经过一段时间犹豫，决定兵分三路开始行动，以便摆脱被动局面。

21. 海战方面，荷军以所有四艘战舰向已控制台江的郑军舰队攻击，企图恢复热兰遮和普罗文查两城间的水上联系。

48

22. 荷军一向傲慢，甚至认为中国人受不了火药味和枪炮的声音。想不到郑军竟然指挥有素，而且惯于水战，战斗一开始，猛烈的炮火接连在荷舰上开花。

23. 没多久，荷军最大的一艘战舰赫克托号被炸毁烧沉，斯·格拉弗兰号和白鹭号仓皇败逃日本，快艇马利亚号则顶着逆风逃往巴达维亚。荷舰队彻底瓦解。

24. 在战斗的同时，荷军又派出阿尔多普上尉率领二百多名士兵从热兰遮出发，准备渡过台江支援普罗文查城。在郑军的截击下，仅六十人进入普罗文查，其余被迫撤回。

25. 第三路兵马则由贝德尔上尉率领二百四十名荷军，向已占领北线尾岛的郑军发起攻击，企图夺取对鹿耳门港的控制权。在郑军的夹击下，荷军遭到歼灭性打击，阵亡一百二十八人，淹死一部分，仅八十人左右得以撤回。

26. 与此同时，台湾人民也掀起了反对荷兰殖民统治的高潮。淡水、基隆、新岸地等郑军尚未到达的地区，都发生了捣毁教堂和荷兰统治机构的事件。

27. 四月六日，被围困多日的普罗文查城荷军司令描难实叮被迫举起白旗投降。

28. 二十七日，郑军对热兰遮城实施强攻。由于攻击部队遮蔽不良，伤亡较大，连攻五日未能拿下。

29. 郑成功见强攻不成，就改变了策略，把所有通向城堡的街道都筑起防栅，并且挖了一道壕沟，派小部分军队防守围困，而将主要兵力抽往各地建立政权和屯垦。

30. 后来，荷军又从巴达维亚派兵增援。由于郑军已在台湾站稳了脚跟，加上台湾人民的支持，经过几次激战，到这年年底，荷军被迫全部投降。郑成功终于收回了台湾。

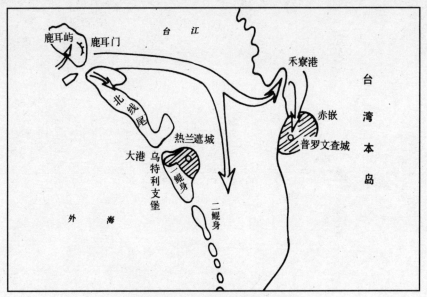

郑成功收复台湾登陆作战示意图

孙 子 兵 法
SUN　ZI　BING　FA

刘邦未战先胜奖薛公

编文: 余中兮

绘画: 桑麟康 倪 崔

原　文　未战而庙算胜者，得算多也。

译　文　开战之前就预计能够取胜的，是因为筹划周密，胜利条件充
　　　　分。

1. 汉高祖十一年（公元前196年）秋七月，淮南王英布起兵反汉。

2. 消息传到长安，汉高祖刘邦急召诸将问道："英布造反，如何是好？"诸将未加思索就答道："发兵进击，把他抓起来活埋！他能有多大作为？"

3. 刘邦怒道："说得容易！好，谁愿自告奋勇带兵前往？"诸将一听此话，自知言语冒失，一时却也想不出良策，默然不语。会议不欢而散。

4. 汝阴侯夏侯婴忽然想起自己手下有个门客薛公，以前做过楚的令尹，此人足智多谋，或许会有良策，于是，他急忙赶回家去。

5. 薛公一听夏侯婴的话便说："哦！淮南王果然造反了！"夏侯婴不解地问："你怎么说'果然造反了'呢？"薛公道："英布造反，那是理所当然的事。"

6. 夏侯婴越发不解了，又问："此话怎讲？"薛公道："朝廷先后诛杀淮阴侯韩信与梁王彭越，英布自忖与他俩同是汉王朝功业彪炳的开国元勋，他惧怕接下去会轮到自己，所以要造反。"

7. 薛公的分析真是一针见血。夏侯婴大为佩服，当即到刘邦那儿作了引荐。刘邦喜道："那你快去把他带来。"

8. 薛公一到，刘邦迫不及待地问："你以为英布之乱能够平息吗？"薛公肯定地说："当然能。依我看，英布所能采用的无非上中下三策，只要详加分析便不难知道结果。"

9. 刘邦一听薛公说平叛没有问题，先松了口气，然后兴致勃勃地问："那么，你以为英布能采用哪三种计策？"

10. 薛公道：“如果英布采用上策，东取吴，西并楚，北兼齐鲁，传檄燕赵降附，然后再固守其所控制的地区，那么，殽山以东之地就不再属于陛下了。

11. "假如英布采取中策，东取吴，西取楚，并韩取魏，保住敖仓的粮食，把重兵置于成皋，扼住关中的出路，这样，胜负就难以预料了。"

12. 刘邦插话问："那下策将如何？"薛公沉着地说："假若英布采用下策，东取吴，西取下蔡，仅在淮南地区守御，那么，淮南王已成为网中之鱼，陛下也就可以安枕而卧了。"

13. 刘邦接口说："按照你的意思，英布必定会采用下策？"薛公道：
"陛下说得对！英布原本只是骊山的一个刑徒，虽为一方之主，一心只
为自身利益着想，胸无大志，所以推断他一定出此下策！"

74

14. 刘邦连连点头道："嗯！嗯！说得对！"他自料与英布这一仗未战已胜。第二天，便预先赏赐了许多财物给薛公，并且封薛公为千户侯。

15. 诚如薛公所料，英布举兵反汉以后，果然先东向击败了受封于吴地的荆王刘贾，然后引兵渡过淮水，击溃了楚王刘交的三路军队，并继续挥师西进。

16. 汉高祖十一年十月，刘邦亲率十二万大军出征，在蕲西（今安徽宿县境内）与英布军相遇。

17. 刘邦见英布的兵力虽然少于自己，但却十分精壮，便暂取坚壁不战之策。而英布却相反，一见汉军就摆开了攻击之势。英布数度叫阵而不得战，锐气顿减。

18. 刘邦看准时机，驱兵出战，大败英布军。英布率领残部逃往江南，最终被长沙王吴芮之子诱杀，英布之乱遂告平定。

秦王少算失机败邯郸

编文：夏 逸

绘画：叶 雄 沙 龙

原　文　未战而庙算不胜者，得算少也。

译　文　开战之前就预计不能取胜的，是因为筹划不周，胜利条件不足。

1. 周赧王五十五年（公元前260年）九月，秦国大将白起于长平（今山西高平西北）大破赵军。取得辉煌战果，前后杀死和俘虏赵军四十余万人。

2. 白起欲继续进攻赵国都城邯郸，一举灭赵，上书秦王。秦相范雎
（jū）妒白起功大，对秦昭王说："秦兵已疲，不宜再战。"遂与赵国
讲和。

3. 第二年，秦昭王又欲派兵进攻赵国。此时，赵国已缓过气来，白起以为时机已经过去，托病不肯出征。

4. 秦昭王遂派五大夫王陵为将，围攻赵国都城邯郸。赵国举国上下，同心抗秦。秦军屡屡失利。

5. 周赧王五十七年（公元前258年），秦军久围邯郸而未下，王陵兵败，损失颇重。秦昭王召白起商议，欲以白起代王陵。

86

6. 白起分析军情道："秦虽胜赵于长平，但国库空虚，士卒伤亡过半。远攻赵国都城，诸侯必就近救赵，内外夹攻，秦军必败无疑。"秦昭王默然不语。

7. 秦相范雎竭力主张攻赵，并列举了许多道理。秦昭王于是下决心，催白起出征。白起推托说病未痊愈，无法上阵。

8. 秦昭王无法，只得以王龁代王陵领兵。范雎推荐郑安平为将军，随王
龁一起率兵攻赵。

9. 邯郸被围，虽然军民齐心，士气高涨，但无法旷日持久。赵王派弟弟平原君赵胜到楚国去救援。

10. 平原君是战国四公子之一，门下有食客数千。他想挑选文武兼备的门客二十人，随同前往楚国。但只选中十九名，还缺一人。有个名叫毛遂的人自己来推荐自己，愿去楚国。

11. 平原君到楚国，与楚王谈联合抗秦的主张。楚王害怕秦国兵强，引火烧身，久久不敢答应。

12. 这天，毛遂见楚王仍不肯出兵，按剑走上台阶。楚王怒斥他。毛遂
侃侃而谈，历数楚国多次败于秦国之辱，指出"合纵"非止为赵，也为
了楚国的利益。楚王为之心动。

13. 楚王派春申君黄歇率兵援赵。平原君深深佩服毛遂之气概胆量，从此待毛遂为上宾，言听而计从。

14. 赵国都城邯郸已被围三年，城内树皮草根都已吃尽。然民心不可侮，军民抗秦之心仍然十分高涨，王龁无法越雷池一步。

15. 魏国的信陵君魏无忌早已准备出征，援助赵国，他姐姐是平原君夫人，数次来信催促。信陵君上朝请求出兵救赵，魏王只是不允。

16. 魏王还收到秦昭王的书信和珠宝。信中说："如支持秦国攻赵，则
在灭赵以后，与魏共分赵之国土。如若魏国敢救赵，则玉石俱焚。"

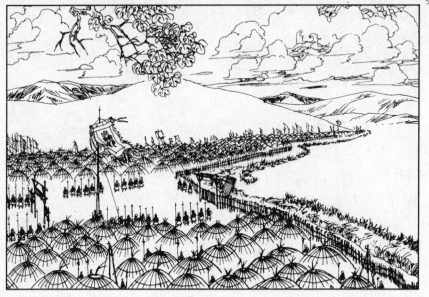

17. 魏军十万，原已由将军晋鄙率领，驻扎于魏赵边境。接到魏王密令后，按兵不动。

18. 魏公子信陵君礼贤下士，为救赵无计，求助于夷门看门人侯赢。侯赢建议他用窃符救赵之计。信陵君依计而行。

19. 信陵君曾有恩于魏王宠姬如姬之父，他暗中求如姬窃出魏王用军之虎符，带力士朱亥，离开魏国京城大梁。

20. 到了晋鄙军中，信陵君拿出虎符，但老将晋鄙不信，要派人直接请示魏王以后方交出兵权。信陵君于无奈中，命朱亥打死晋鄙，夺得兵权。

21. 信陵君将军中老弱遣散，让他们回家，得精兵八万人，浩浩荡荡地杀奔邯郸而来。

22. 各路诸侯援军陆续到了赵国，楚国的春申君也到了邯郸城下。平原君夫妇率赵国军民，与信陵君会师，准备与秦军决战。

23. 信陵君率领的魏军，勇猛无敌。秦师离乡日久，兵无斗志，加上各路军马奋力围攻，秦师大败。

24. 秦将军郑安平，本为赵国人，见此情景，不战而降，带了二万精
兵，投降了赵国。王龁的兵力更弱，只得解了邯郸之围，退回秦国。

25. 秦师兵败邯郸的消息传到咸阳，武安君白起仰天长叹："不听吾言，致有今日之败！"

26. 秦王听说白起的怨言，大怒。秦相范雎在一旁煽风点火。秦王命白起出来带兵，以图再起。白起称自己病重，坚决推辞。

27. 秦王更怒，免去白起武安君的爵位，令他为普通的伍卒，贬谪到阴密。白起悲愤交加，匆匆起程。

28. 秦相范雎还不放心，向秦王进谗言道："白起临走时，怨言很多，对王上甚为不满，留之恐有不便。"秦王遂令白起自裁。

29. 白起走到咸阳东北的杜邮，秦王使者赶到，交给他秦王的佩剑。白起自杀，一代英勇无敌的将军，死有余恨！

30. 不久，范雎也因为所荐的郑安平降赵，王稽通诸侯被杀之事被贬。邯郸之战，使秦与诸侯各国之间的力量暂处均衡状态。

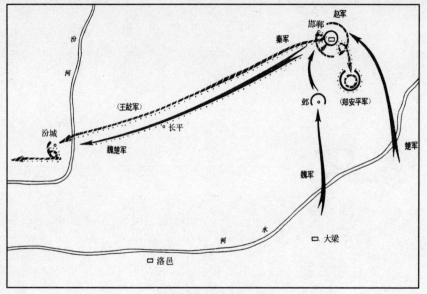

秦赵邯郸之战示意图

孙 子 兵 法
SUN ZI BING FA